山田社

STS

山田社

每天10分鐘

旅遊英會話

里昂◎著

STS出版

用中學句型與單字，讓您出國不必跟團！

用中學句型與單字，就讓老外驚豔！

用中學句型與單字，照樣玩遍全世界！

書中精選的中學英語句型與單字，讓您出國趴趴走、交朋友，走跳全世界都夠用。書中有交通、住宿、點餐、搭機、入境等豐富主題，單字、文法不死背，單字套句型，天天自由選！可說是最佳的語言護照！

1 要說，就要馬上可以說

《每天 10 分鐘旅遊英會話》告訴您，**學英語不用想太多**，只要巧妙使用套用術，也就是單字套用常用句的，一句句道地英語，便能輕鬆脫口而出。

2 簡單 4 個步驟，說英語超有自信！

前言
preface

《每天 10 分鐘旅遊英會話》告訴您，
打造出自信十足的英語，只要 4 個步驟：

Step❶ 87 個遊英美語系國家必遇場景
Step❷ 老外 24HR 都在用的句型
Step❸ 麻吉英單來作陣，套在句子真好用
Step❹ 聽 MP3，練就最道地，最漂亮的老外腔

《每天 10 分鐘旅遊英會話》的內容安排最貼心，絕對是您旅遊的最佳幫手。紮紮實實的一小本，輕輕鬆鬆開口說英語，說英語就是快樂！

目錄 contents

Part 1

日常簡單用語

日常用語

1 你好

你好！

Hello.

嗨！

Hi.

早安。

Good morning.

午安。

Good afternoon.

您好嗎？（初次見面 ）

How do you do?

你好嗎？

How are you?

很高興認識你！

Nice to meet you!

最近如何？

How's it going?

發生了什麼事？

What's up?

真高興(再)見到你。

Good to see you (again).

小小專欄

☆**[Hi!]**
是“招呼”的用語，但一般用在同年齡或比較親近的人。

2 再見

再見！

Good-bye.

再見！

Bye Bye.

回頭見。

See you later.

待回見。

Later.

晚安！

Good night.

祝你有美好的一天。

Have a nice day.

一路順風。

Have a good flight.

保重。

Take care.

放輕鬆一點。

Take it easy.

下次再見囉！

See you next time.

等會見！

See you around.

3 回答

是的。

Yes. / Yeah.

是的，沒錯。

Yeah, right.

我明白。

I see. / I think so.

原來如此。

Oh, that's why.

不，謝謝你。

No, thank you.

我不這麼認為。

I don't think so.

沒關係。

That's ok.

好／沒問題。

OK.

當然。

Sure.

可能吧。

Maybe.

真的嗎？

Really?

4 謝謝

非常感謝。
Thank you very much.

謝謝。
Thanks.

哇，你真好。
Wow, that's so nice of you.

謝謝你的幫忙。
Thanks for your help.

謝謝你抽空。
Thanks for your time.

萬分感謝。
Thanks a million.

真的很謝謝你。
Thanks a lot.

謝謝.我欠你一個人情。
Thanks. I owe you one.

謝謝.這是我的榮幸。
Thanks. I'd love to.

5 不客氣

不客氣。
You're welcome.

不必擔心這個。
Well, don't worry about it.

不客氣。

Not at all.

沒問題。

No problem.

這是我的榮幸。

My pleasure.

喔！那沒什麼。

Oh, it's nothing.

真的！那沒什麼。

Really, it's nothing much.

不要在意！

Don't mention it.

別擔心。

No worries.

要不然朋友是做什麼用的？(別跟我客氣)

What are friends for?

6 對不起

我很抱歉。

I'm sorry.

對不起。

Sorry.

我道歉。

I apologize.

我對那事感到遺憾。

I'm sorry about that.

噢…對不起。

Oops. Sorry.

請原諒我。

Please forgive me.

小小專欄

☆[Oops!]
表示驚訝、狼狽、謝罪等的叫聲。是相當於“啊、喔、唉”的感嘆詞。

7 借問一下

對不起。
Excuse me.

對不起，先生 / 小姐。
Excuse me, sir / ma'am.

請你告訴我…好嗎？
Would you please tell me...?

有誰知道…的嗎？
Does anybody know...?

對不起，能打擾你一分鐘嗎？
Excuse me, do you have a minute?

很抱歉打擾你,不過…。
Sorry to bother you, but...

我可以問 / 請求…。
May I ask...

8 請再說一次

請再說一次嗎？
Pardon?

請再說一次嗎？
Excuse me?

可以請你重複一遍嗎？

Could you please repeat that ?

你介意再說一遍嗎？

Do you mind saying that again?

對不起，我剛剛沒有注意到。

I'm sorry, I didn't catch that.

你剛剛說什麼？

What did you say?

9 感歎詞

(表示驚奇等)啊！糟了！

Gosh!

(表示驚訝、讚賞等)哇！咦！啊！

Gee!

這個嘛！

Well!

真是的！

Shoot!

哎喲！

Oops!

得了吧！

Come on!

噢，天啊！

Oh, my!

沒這回事！

No way!

酷！

Cool!

太棒了！

Great!

Part 2

旅遊會話

一、在飛機上

1 我要柳丁汁

A **Would you like something to drink?**

你想要喝點飲料嗎？

B **—Orange juice, please.**

—橘子汁，謝謝。

咖啡	茶
coffee	**tea**
蘋果汁	汽水
apple juice	**soda**
水	紅酒
water	**red wine**
啤酒	奶昔
beer	**milk shake**

例 句

不要加冰塊，謝謝你。

No ice, please.

再來一杯啤酒，謝謝你。

Another beer, please.

要些花生，謝謝你。

Some peanuts, please.

吸管，謝謝你。

A straw, please.

多加一點冰塊，謝謝你。

More ice, please.

再回沖一些咖啡，謝謝你。

A refill, please.

請給我一整罐。

The whole can, please.

雞尾酒要多少錢？

How much is a cocktail？

這是現搾的新鮮果汁嗎？

Is the juice fresh-squeezed？

麻煩一下，我要去咖啡因的。

Decaf, please.

你們有供應綠茶嗎？

Do you have green tea？

請給我一杯黑咖啡。

A black coffee, please.

2 給我雞肉飯

A **Chicken rice or fish noodles？**

要雞肉飯還是魚排麵？

B **—Chicken, please.**

—雞肉，謝謝你。

麵包 **bread**	沙拉 **salad**
水果 **fruit**	牛肉 **beef**
豬肉 **pork**	素菜餐 **a vegetarian meal**
兒童餐 **a child's meal**	牛排 **steak**

例句

我已經叫了一份嬰兒餐。	你們有沒有泡麵？
I ordered an infant meal.	**Do you have instant noodles？**

我可以再要一份餐嗎？

Can I have another meal ?

可以，如果我們有剩的話。

Yes, if we have any left.

對不起，我們只剩魚麵。

Sorry, we only have fish noodles left.

可以請你幫我清一下餐盤嗎？

Can you please clear my tray ?

幾點開始供應晚餐？

What time will dinner be served ?

我討厭飛機食物。

I hate airplane food.

供應飲料的推車會很快過來嗎？

Will the drink cart come around soon ?

麻煩一下，我要去咖啡因的。

Decaf, please.

3 請給我一條毛毯

May I have a blanket, please?

請給我一條毛毯好嗎？

一個枕頭

a pillow

耳機

ear phones

中文報紙

a Chinese newspaper

免稅商品目錄

the duty-free catalogue

小孩子可以玩的東西	嘔吐袋
something for my kids to play with	**the vomit bag**
遮光眼罩	
eyeshade	

4 請問，廁所在哪裡

Excuse me, where is the bathroom?

對不起，請問廁所在哪裡？

洗手間	商務客艙
the lavatory	**business clas**
我的安全帶	閱讀燈
my seat belt	**the reading light**
逃生門	救生衣
the emergency exit	**life vest**

例 句

我的旅行袋放不進去。

My bag won't fit.

對不起。

Excuse me.

我可以跟你換位子嗎？

Can I switch seats with you?

我可以把椅子放下來嗎？

Can I recline my seat?

對不起，麻煩你把椅子拉上，謝謝。

Excuse me, can you put your seat up, please?

這是免費的嗎？

Is this free?

洛杉磯幾點？

What time is it in Los Angeles?

您說什麼？

Pardon me?

上午7點40分。

It's seven forty a.m.

飛機上要播放哪一部電影？

What movies will you be showing on this flight?

我可以坐在緊急出口處的那排座位嗎？

Can I sit in an exit row?

我想要有更多空間把腳伸直。

I like the extra leg room.

我們今天的飛行時間有多長？

What is our flying time today?

可以請你打開空調氣孔嗎？

Could you please open the air vent?

你不可以在飛機上抽煙。

You can't smoke on the airplane.

請問我可以借用你的筆嗎?

May I borrow your pen, please?

小小專欄

☆飛機上的廁所寫的是"**lavatory**"，若使用中則顯示"**occupied**"，若無人使用，則為"**vacant**"。

☆**[Excuse me]**表示「打擾了」、「勞駕」的意思，一般用在為了引起他人注意或因為可能打擾他人，如打斷別人的談話、在人群中推擠到別人或不同意別人的意見等。

☆**[Pardon me？(↗)]**如果語調是上揚的，表示聽不清楚（聽不到）或不瞭解對方說的，請求對方再說一次；如果語調是下降的，那麼意思跟上面的**[Excuse me]**一樣。

☆時間的說法可以省略小時、分鐘，例如，7點20分直接說成**seven forty**或**twenty to eight**；12點15分說成**twelve fifteen**或**a quarter past twelve**；5點半說成**five thirty**或**thirty past five**。還有，時間後面記得加上a.m.（上午）、p.m.（下午）喔！

5 跟鄰座乘客聊天

A **Can you speak English?**

你會說英文嗎？

B **—Yes, a little.**

—是的，一點點。

日文	中文
Japanese	**Chinese**

德文	西班牙文
German	**Spanish**

台語	法文
Taiwanese	**French**

義大利文
Italian

例 句

我正在學習中。

I'm learning.

我的英文不太好。

My English is not good.

你要去哪裡？

Where are you going?

是的，現在是到西雅圖旅行的最好時間。

Yeah, it's the best time to visit Seattle.

你是為了公事出差還是休閒旅遊？

Are you traveling for business or for pleasure ?

我希望我可以去澳洲渡個假。

I wish I could take a vacation to Australia.

你不喜歡飛機上的食物嗎？

Don't you just love airplane food ?

你有小孩嗎？

Do you have any kids ?

我兒子在美國讀書。

My son is studying in the States.

你來自歐洲嗎？

Are you from Europe？

你是從事哪個行業？

What do you do？

這是你第一次到澳洲嗎？

Is this your first time to visit Australia？

是的！我很興奮去那裡。

Yes, it is. I'm so excited to go there.

能和你交談感覺真好。

Oh, It's been nice talking to you.

你也是。

You, too.

祝你日本之旅愉快。

Enjoy your trip to Japan.

小小專欄

vacation / holiday

[I wish I could take a vacation to Australia.]中的“**vacation**”指一段較長時間的休假、假期時間；而“**holiday**”是指因為節日或慶祝而放假的短期假日。

不想和旁人講話時

旅途遙遠，我需要睡一下。

Well, it's a long flight, I need to get some sleep.

我想看的電影開始播放了。

Oh! The movie I want to watch is on.

我真的需要看完這本書。

I really need to finish this book.

對不起，但是我真的很累了。

Sorry, but I'm pretty tired.

如果你不介意的話，我想要睡覺了。
If you don't mind, I'm going to close my eyes now.

不好意思，我必需寫一封信。
Excuse me, I have to write a letter.

6 我是來觀光的

A **What is the purpose of your visit?**
你旅行的目的為何？

B **—Sight-seeing.**
—觀光。

讀書 **for study**	商務 **business**
探親 **visiting relatives**	拜訪朋友 **visiting friends**

小小專欄

☆**[for study]**中的“**study**”（學習）強調學習的過程，帶有深入的研讀並將所學之事物融會貫通之意。另一個字“**learn**”（學習）是透過學習而得到某種知識或是技術，強調學會這個結果。

7 我住達拉斯的假期酒店

A **Where will you stay?**

你會待在哪裡？

B **—At the Holiday Inn in Dallas.**

—達拉斯的假期酒店。

和朋友住	和家人
With my friends	**With family**
和同事	在希爾頓飯店
With my colleague	**At the Hilton**
在學校的宿舍	
In the school dorms / dormitory	

例句

你有朋友的地址嗎？

Do you have your friend's address？

我現在身上沒有帶地址。

I don't have the address with me now.

我朋友住在芝加哥。

My friend lives in Chicago.

我不太會說英文。

I don't speak English well.

我兒子會在甘迺迪機場接我。

My son will pick me up at JFK Airport.

是的，這就是飯店的地址。

Yeah, the address of the hotel is here.

租車服務台在哪裡？

Where are the car rental agencies？

旅館有提供小型巴士載客服務嗎？

Does the hotel have a van？

距離最近的付費電話在哪裡？

Where is the nearest payphone？

每小時一班到市中心的公車站在哪裡?

Where is the bus stop for the hourly shuttle to the center?

小小專欄

☆九一一攻擊事件之後，美國變得很謹慎，所以海關會要求旅客填寫停留的地址。

8 我停留十四天

A How long will you stay?

你會停留多久呢？

B —14 days.

一十四天。

只有五天

Only five days

一個禮拜

A week

大概兩個禮拜

About two weeks

一個月

A month

大概十天

About ten days

半年

Half a year

9 我要換錢

我想兌換五千台幣，謝謝你。

I want to exchange 5000 NT dollars, please.

現在的兌幣匯率是多少？

What is the exchange rate ?

兌現旅行支票，麻煩你。

I'd like to cash a traveler's check, please.

台幣換成美金。

From NT to US dollars.

台幣換成歐元。

From NT to Euros.

你可以把一佰元換成小鈔嗎？

Can you break a hundred ?

麻煩你給我一些小鈔。

Small bills, please.

手續費是多少錢？

How much is the commission ?

請在這裡簽名。

Please sign here.

護照，麻煩你。

Passport, please.

這是我的護照。

Here is my passport.

可以請你給我收據嗎？

Can I have a receipt, please?

請問你有信封嗎？

Do you have an envelope?

10 您有需要申報的東西嗎？

A **Would you open your bag, please? What's this?**

麻煩你把袋子打開。這是什麼？

B **—It's my camera.**

—這是我的照相機。

化妝品	胃藥
make-up	**medicine for my stomach**

安眠藥	筆記型電腦
bottle of sleeping pills	**lap-top computer**

給我孫子的禮物
gift for my grandson

小小專欄

☆帶藥進美國，要將藥劑放在原處方的罐子裡，否則需要出示醫生證明。

例　句

先生，有需要申報的東西嗎？

Anything to declare, sir?

你想要檢查多少個旅行袋？

How many bags do you want to check?

你有多少行李？

How many pieces of luggage do you have?

我可以在哪裡拿到行李推車？

Where can I get a luggage cart?

行李領取處在哪裡？

Where is the baggage claim?

失物招領處在哪裡？

Where is the lost and found?

詢問處遺失行李的櫃檯在哪裡？
Where is the lost luggage counter？

我想我的背包已經壞掉了。我該怎麼申請賠償？
I think my bag has been damaged. How can I file for compensation？

我該去哪裡通過海關檢查？
Where can I go through customs？

好的，你現在可以離開了。
OK, you can go, now.

好 用 單 字

手提行李
carry-on bag

超重
overweight

經濟客艙
economy class

商務客艙
business class

頭等艙
first class

檢查
check

機場服務中心
Airport Information Center

公事包
briefcase

11 轉 機

轉機服務台在哪裡？

Where is the transfer desk ?

我要過境到達拉斯。

I need to transit to Dallas.

班機何時出發？

When will the flight depart ?

登機時間是何時？

What's the boarding time ?

16號登機門在哪裡？

Where is Gate No. 16 ?

我該如何去第三航廈？

How do I get to Terminal 3 ?

我的背包必須再檢查一次。

I need to recheck my bags.

我需要新的登機證嗎？

Do I need a new boarding pass ?

飛機幾點會到達達拉斯？

What time does that flight arrive in Dallas ?

請問你們有早一點的班機嗎？

Do you have an earlier flight ?

請問你們有直航班機嗎？

Do you have a direct flight ?

我需要再辦登機手續嗎?

Do I need to check in again ?

12 怎麼打國際電話

對不起，你有一元的零錢嗎？
Excuse me, do you have change for a dollar?

撥打本地電話是多少錢？
How much is a local call?

35分錢可以打幾分鐘的電話？
35 ¢ for how many minutes?

這裡附近有公共電話嗎？
Is there a public phone around here?

你可以教我怎麼打電話嗎？
Can you show me how to make a phone call?

要怎麼打對方付費國際電話？
How do you make a collect call?

首先撥"0"接線員會幫你服務。
Just dial "0". The operator will help you.

我想要打一通對方付費的電話。
I'd like to make a collect call.

我可以打一通國際對方付費的電話嗎？
Can I make an international collect call?

我可以使用我的電話卡嗎？
Can I use my calling card?

請問哪裡有賣長途電話卡？
Where do they sell long-distance phone cards?

打到倫敦的區域號碼是幾號?
What is the dialing code for London?

小小專欄

☆**[make a collect call]**是指對方付費的國際電話。而國際電話叫**[international call]**。至於電話號碼的說法是**[My telephone number is 3456789]**數字的說法是**[three, four,five-six, seven, eight, nine]**。

13 我要打市内電話

喂！ Hello？	嗨！我是南希，包伯在家嗎？ Hi. This is Nacy. Is Bob there？
他剛剛外出。 He just stepped out.	那麼請你轉告他，我來電過待會兒再打給他。 Would you please tell him that I called and I'll call back later？
好的，我會轉告他的。 Ok. I'll give him the message.	我打錯電話了。 I've got the wrong number.

小小專欄

☆打電話對方不在，希望對方代為傳話就用 **[Would you please tell… that…]**這樣的說法。拜託別人代為傳達事情放在**"That"**的後面。

美國錢幣介紹

一元鈔票 **a dollar bill**	1便士 **a penny: 1¢**
五分錢 **a nickel: 5¢**	10分錢 **a dime: 10¢**

2角5分
a quarter: 25 ¢

五角銀幣
a fifty-cent piece: 50 ¢

一元硬幣
one-dollar coin: $1.00

五元紙鈔
five- dollar bill

14 請給我一份市區地圖

A city map, please?
請給我一份市區地圖。

紐約市導覽
A New York City Guide

一日遊資訊
One-day Tour Info

滑雪行程資訊
Skiing Tour Info

公車路線說明
Bus routes

市區酒店清單
A list of hotels downtown

觀光指南
A tourist guide

小小專欄

☆ **"map"** 地圖，指各種因為不同目標而製作的單張地圖。還有另一個字 **"tlas"** ，是把許多相關性的地圖，集結成冊的地圖集。

二、飯店

1 我要訂一間單人房

I want to reserve a single room.

我要預約單人房。

雙人床	兩張床
a twin room	a double room

四人房間	附淋浴的房間
a four-person room	a room with a shower

附冷氣的房間	可以看到海的房間
a room with air-conditioning	a room with an ocean view

禁煙房間	雙人床三個晚上
a non-smoking room	a double for 3 nights

序數的說法

一	二	三	四
first	second	third	fourth

五	六	二十一	三十
fifth	sixth	twenty-first	thirtieth

2 我要住宿登記

我叫陳明。

My name is Chen Ming.

我有預約。

I have a reservation.

我沒有預約。

I don't have a reservation.

我今晚要住宿。

I need a room for the night.

有空房間嗎？

Do you have a room available？

我們有訂房，名字是陳明。

We have a reservation under Chen Ming. That's C-H-E-N M-I-N-G.

我們何時可以登記入住？

When can we check in？

我現在可以住宿登記嗎？

Can I check in now？

包含早餐嗎？

Is breakfast included？

電梯在那裡？

Where is the elevator？

你可以給我飯店的號碼嗎？
Can you give me the hotel's number？

一晚住宿是多少錢？
How much for one night？

還有更便宜的房間嗎？
Are there any cheaper rooms？

你有大一點的房間嗎？
Do you have a bigger room？

三個人可以住在同一間房間嗎？
Can three people stay in a room？

退房是幾點？
When is the checkout time？

普通客房是$85，景觀客房是$100。
Regular rooms are $85. A room with view is $100.

房間裡可以收到有線電視嗎？
Do you have cable？

房間裡可以上網嗎？
Do the rooms have internet access？

這裡有客人使用的游泳池嗎？
Is there a pool for the guests to use？

這裡有健身俱樂部嗎？
Is there a health club？

如果可以的話我想要一間套房。
I would like a suite if one is avaliable.

3 我要客房服務

有提供客房服務嗎？
Do you have room service？

客房服務您好，有什麼我可以效勞的嗎？
Room Service, May I help you？

這裡是503號房。我想要點早餐。

Yes, This is room 503. I'd like to order some breakfast.

你們有洗衣服務嗎？

Do you have laundry service？

我想打市内電話。

I want to make a local call.

我想打長途電話。

I want to make a long-distance call.

我想打國際電話。

I want to make an international call.

我想寄明信片。

I'd like to send a postcard.

我要傳真。

I'd like to send a fax.

我可以用網路嗎？

Could I use the Internet？

我可以退房時一起算客房服務費嗎？

Can I pay the room service charge when I check out？

我要叫醒服務。

Wake-up call, please.

幾點叫醒您好呢？

What time would you like it？

早上六點。

At 6:00 a.m.

4 麻煩給我兩杯咖啡

Would you bring me two cups of coffee?

可以麻煩給我兩杯咖啡嗎？

一杯茶 **a cup of tea**	一杯啤酒 **a glass of beer**
一壺熱開水 **a pot of hot water**	一些新鮮水果 **some fresh fruit**

5 我要吐司

I'd like toast.

我要吐司。

鬆餅 **pancakes**	培根 **bacon**
火腿加蛋 **ham and eggs**	比薩 **pizza**
三明治 **a sandwich**	臘腸 **sausage**
荷包蛋 **fried eggs**	

6 房裡冷氣壞了

The TV in my room is broken.

我房間的電視壞了。

鎖 **lock**	暖氣 **heater**
迷你吧 **mini-bar**	按摩浴缸 **Jacuzzi**
冷氣 **air conditioner**	鬧鐘 **alarm clock**
吹風機 **hair-drier**	傳真 **fax machine**

Can I have a clean sheet, please?

我可以要一條乾淨的床單嗎？

一些衣架 **some hangers**	一些冰塊 **some ice**

枕頭	一些乾淨的毛巾
a pillow	**some clean towels**
熨斗	吹風機
an iron	**a hair-drier**

小小專欄

☆**[Can I have a clean sheet, please？]**中的"**Clean**"（乾淨）是形容處理得很乾淨、整齊，而沒有髒污的。另一個字"**clear**"（清晰）是形容視覺上的清晰、透明，或是清楚明白而有條理的。

例句

我把鑰匙忘在房裡了。

I left my key in the room.

我鑰匙丟了。

I've lost my key.

我不記得我的房號了。

I forgot my room number.

請換床單。

Please change the sheets.

廁所的水沖不下去。

The toilet doesn't flush well.

沒有毛巾。

There are no towels.

沒有衛生紙。

There's no toilet paper.

你可以教我怎麼用保險箱嗎？

Could you show me how to use the safe？

我可以換一個禁煙的房間嗎？
Can I change to a non-smoking room ?

請清掃我的房間。
Please clean up my room.

有提房間清理的服務嗎？
Is this housekeeping service ?

非常謝謝你。
Thank you very much.

請勿打擾。
Do not disturb.

可以請你馬上幫我處理嗎？
Can you please take care of it right away ?

好 用 單 字

毛毯	**blanket**
肥皂	**soap**
棉被	**comforter**
床單	**sheet**
（電線）插頭	**power outlet**
插座	**plug**
床罩	**bed spread**
檯燈	**lamp**
水龍頭	**faucet**
浴缸	**bathtub**
（櫃臺）保險櫃	**safe deposit box**
冰箱	**refrigerator**

健身房	商務服務	衣櫥	游泳池
gym	**business service**	**closet**	**swimming pool**

拉	推	緊急出口
pull	**push**	**Fire Exit**

小小專欄

☆ **"business service"**（商務服務）是大型飯店中，專門提供上班族進行秘書及翻譯等工作。裡面還提供上網、傳真及打電話等服務。

7 我要退房

我想退房。

I want to check out.

我將在幾分鐘後退房。

I'll be checking out in a few minutes.

我很急。

I'm in a hurry.

麻煩你請人幫忙我拿行李好嗎？

Can you send someone up for my luggage, please？

請問我可以延長我的住房天數嗎？

Is it possible for me to extend my stay？

我覺得這裡可能有些錯誤。

I think there might be a mistake.

這一項是什麼？

What is this entry for？

我沒使用迷你吧。

I didn't use the mini-bar.

我沒有叫客房服務。

I didn't order room service.

這已包括稅收嗎？

Is this including tax？

請問你們接受現金嗎？

Do you accept cash？

你們接受信用卡嗎？

Do you accept credit cards？

我可以要一張收據嗎？

Can I have a receipt, please？

請問你可以幫我安排到機場的計程車嗎？

Could you arrange a taxi to the airport for me？

我在這裡住宿的很愉快。

I had a pleasant stay.

我可以看一下帳單嗎？

Can I check the bill?

小小專欄

☆**[I'll be checking out in a few minutes.]**中的"**a few**"是修飾可數名詞，表示一下下、一點點、不多之意。後接複數型態；相對地，"**a little**"修飾不可數名詞，表示一點點、不多。後接單數型態。

三、用餐

1 附近有義大利餐廳嗎

Is there an Italian restaurant around here?

附近有義大利餐廳嗎？

日式餐廳	墨西哥餐廳
a Japanese restaurant	a Mexican restaurant
印度餐廳	中國餐廳
a Indian restaurant	a Chinese restaurant
韓國餐廳	越南餐廳
a Korean restaurant	a Vietnamese restaurant
印尼餐廳	泰國餐廳
a Indonesian restaurant	a Thai restaurant
義大利餐廳	西班牙餐廳
a Italian restaurant	a Spanish restaurant

法國餐廳	希臘餐廳
a French restaurant	**a Greek restaurant**

必勝客	Subway
a Pizza Hut	**a Subway**

速食餐廳

a fast food restaurant

例 句

他們有海鮮嗎？

Do they have seafood ?

那裡的菜好吃嗎？

Is the food good there ?

那裡有什麼特別點？

What's good there ?

它在哪裡？

Where is it ?

你推薦些什麼？

What do you recommend ?

那很貴嗎？

Is it expensive ?

你覺得酒單的內容如何呢？	那裡的氣氛怎麼樣？
How is the wine list?	What's the atmosphere like?

小小事

☆**dinner**是「晚餐、正餐」的意思，一般指晚餐。因為**dinner**是一天中最重要的一餐，而這一餐通常在晚上進行。但是為了假日、生日或某些特別的日子，精心烹製的豐盛膳食，常在中午或晚上舉行，這被稱做正餐。另外，**supper**是指簡便的晚餐或睡前吃的宵夜。如果午餐用**dinner**，就會將晚餐稱做**supper**。

2 我要預約

I want to make a reservation for 2 people at 6:00 tonight.

我要預約兩人今晚六點。

八人／今晚七點	四人／明晚約八點
8 people / 7:00 tonight	**4 people / 8:00 tomorrow night**
兩人／週六晚上六點	兩大人和一小孩／7月7日十二點
2 people / 6:00 on Saturday night	**2 adults and 1 child / 12:00 on July 7th**

例　句

套餐多少錢？	有沒有靠窗的位子？
How much is the set meal?	Can we have a table by the window?

有沒有吸煙區？

Is there a smoking section？

有。

Yes.

沒有。

No.

你們有規定要穿禮服嗎？

Do you have a dress code？

有的，請您穿西裝繫領帶。

Yes, please wear a jacket and a tie.

不，我們不用。

No, we don't have one.

可以讓寵物進去嗎？

Are pets allowed？

我們要等多久？

How long is the wait？

你們幾點停止供餐的服務？

What time do you stop serving？

這裡該付百分之六的小費還是更多？

Is there a gratuity added to parties of 6 or more？

我們要怎麼去餐廳？

How do we get to your restaurant？

小小專欄

☆**[Can we have a table by the window？]**中的“**by**”指兩個物體之間緊緊的靠著，且無法在其中放入其他任何東西。另外，“**near**”指兩者之間的距離靠的很近，但距離比「**by**」來得遠。

好 用 單 字

加高座椅	高腳椅
booster chair	**high chair**
高腳凳	餐廳內小房間
bar stool	**booth**

3 我要點菜

我已準備好要點菜。

I'm ready to order.

麻煩你給我看一下菜單。

Can I see a menu, please?

你推薦些什麼呢？

What do you recommend?

要不要來點魚和馬鈴薯片？

How about some fish and chips?

你們有什麼沾醬？

What kind of dressing do you have?

你們有沒有其它不同的沙拉醬？

Do you have any different salad dressings?

我要這個。

This one, please.

我可以要一個小盤子嗎？

Can I have a small plate, please?

水就可以，謝謝。

Just water, thanks.

今天的特餐是甚麼？

What is today's special？

這條鮭魚新鮮嗎？

Is the salmon fresh？

請問你們有素食的主菜嗎？

Do you have any vegetarian entrees？

你們今天提供什麼晚餐呢？

What will you be having this evening？

你們有甜點的菜單嗎？

Do you have a dessert menu？

小小專欄

☆**[Can I have a small plate, please？]**中的“**plate**”是比較小而平的盤子，通常都是指放在每個人座位之前供自己使用的。而“**dish**”是泛指盤子，也可以專指盛裝菜餚，比較有深度的大盤子。

☆**[fish and chips]**是由英國傳入美國的食物，一般是把馬鈴薯片跟炸魚放在同一個盤子裡，烹調方法方便，東西也相當可口。美國人吃魚的種類並不多，所以多一簡單的一個“**fish**”來總稱。

我的旅遊小筆記

4 你有義大利麵嗎？

Do you have spaghetti?

你有義大利麵嗎？

漢堡 **hamburgers**	牛肉麵 **beef noodle soup**
比薩 **pizza**	三明治 **sandwich(es)**
火鍋 **hot pot**	生魚片 **sashimi**
咖哩飯 **curry rice**	給我火腿三明治 **baked potatoes**
韓國烤肉 **Korean BBQ/ barbecues**	

5 給我火腿三明治

I'll have the ham sandwiches.

給我火腿三明治。

燉牛肉 **beef stew**	漢堡肉排 **hamburg steak**
蒸龍蝦尾 **steamed lobster tail**	烤鮭魚 **grilled salmon**
烤劍魚排 **grilled swordfish steak**	煎焗彩紅鱒魚 **pan-fried rainbow trout**
烤蝦&扇貝 **grilled shrimp&scallops**	烤馬鈴薯 **baked potato**

6 給我果汁

A Would you like something to drink?

要不要喝點飲料？

B —Yes. I'd like coffee, please.

—好，請給我咖啡。

果汁	礦泉水
juice	mineral water
茶	熱可可
tea	hot chocolate
可樂	冰沙
Coke	a smoothie
蘋果西打	檸檬汽水
apple cider	lemon fizz
冰咖啡	濃縮咖啡
iced coffee	espresso

卡布奇諾	歐雷咖啡(拿鐵咖啡)
cappuccino	**cafe au lait**

檸檬茶	奶茶
tea with lemon	**tea with milk**

冰茶	七喜
iced tea	**7up**

百事可樂	優格
Pepsi	**yogurt**

7 給我啤酒

A **What would you like to drinks before dinner?**
餐前您想要喝些什麼嗎？

B **—Beer, please.**
—啤酒，麻煩你。

一杯葡萄酒	自製的酒
A glass of wine	**House win**

百威啤酒 **Budweiser**	一瓶啤酒 **A bottle of beer**
生啤酒 **Draft beer**	雪利酒 **Sherry**
白酒 **White wine**	紅酒 **Red wine**
白蘭地 **Brandy**	香檳 **Champagne**
薑汁汽水 **Ginger ale**	

8 我還要甜點

A **Do you want some cake?**

你想要來點蛋糕嗎？

B **—Sure!**

—當然！

冰淇淋 **some ice cream**	蘋果派 **some apple pie**
聖代 **a sundae**	香蕉奶昔 **a banana milk shake**
起司蛋糕 **some cheesecake**	櫻桃派 **some cherry pie**
巧克力蛋糕 **some chocolate cake**	覆盆子餡塔 **some raspberry tart**
鬆餅 **a waffle**	布朗尼(果仁巧克力) **a brownie**

A **Do you want some dessert／drink?**

你想吃甜點（喝飲料）嗎？

B **—Cheese cake, please.**

一起司蛋糕，麻煩你。

冰淇淋 **Ice cream**	布丁 **Pudding**

馬芬	司康
A muffin	**A scone**
無咖啡因咖啡	冰摩卡咖啡
Decaf coffee	**An iced-mocha**
黑咖啡	只要糖，不要奶精
Black coffee	**Sugar and no cream**
義式濃縮咖啡	
An espresso	

例句

你們有餐巾嗎？

Do you have a napkin?

請回沖，謝謝。

I'd like a refill, please.

這是冰淇淋派嗎？

Is the pie a la mode?

可以再給我一些麵包嗎？

Some more bread, please?

可以幫我拿一下鹽嗎？

Could you pass the salt, please?

可以給我水嗎？

Can I have some water?

不好意思，我的叉子掉了。 Excuse me, I dropped my fork.	我可以要一個茶匙嗎？ Can I have a teaspoon？
我叫了咖啡，但是還沒有來。 I ordered coffee, but it hasn't come yet.	這個蛋糕真好吃，我一定要要到它的食譜。 This cake is delicious.I must get the recipe.
剩下的我可以帶走嗎？ Can I take home the rest？	您覺得餐點還好嗎？ Is everything all right？

9 吃牛排

A **How do you like your steak?**

你的牛排要幾分熟？

B **—Rare.**

—三分。

五分 **Medium**	七分 **Medium-well**
全熟 **Well-done**	

好 用 單 字

馬鈴薯泥 **mashed potatoes**	雞胸 **chicken breast**
小牛肉 **veal**	羊肉 **mutton**
龍蝦 **lobster**	大蝦 **prawns**
鮭魚 **salmon**	生蠔 **oysters**
沙朗牛排 **sirloin**	腓排 **fillet**
魚排 **fish-fillet**	鮪魚腓肋 **tuna steak**

10 墨西哥料理也不錯

脆塔可餅	法士達
taco	**fajita**
辣椒起司薄片	墨西哥玉米脆片
nachos	**chips**
墨西哥玉米薄餅	酪梨
tortillas	**avocado**
墨西哥點心	莎莎醬
sopapillas	**salsa**
起司	
queso	

小小專欄

☆墨西哥菜單上，皆是西班牙語，所以記得把**J**發成**H**的音，兩個**L**在一起不發音，點菜時就八九不離十了。

11 在早餐店

A **How do you want your eggs?**

你要怎樣料理你的雞蛋？

B **—Scrambled.**

—炒的。

單面煎	荷包蛋
Sunny-side up	**Over-easy**

半熟荷包蛋	煮（生蛋整顆放到水裡煮熟）
over-medium	**boiled**

水煮蛋(生蛋去殼放到水裡煮熟)
poached

12 在速食店

I want a cheeseburger.

我要一個起司漢堡。

一個巨無霸

a Big Mac

一些雞塊

some chicken nuggets

一個魚排堡

a fish-fillet

一個大薯條

a large fries

一個蘋果派

an apple pie

一份冰淇淋

an ice cream

草莓聖代（巧克力 / 香草）

a strawberry sundae (chocolate vanilla)

火雞肉三明治

a turkey sandwich

烤牛肉三明治

a roast beef sandwich

例　句

內用或是外帶？

For here, or to go ?

內用。

For here, please.

外帶。

Make it to go, please.

可樂要多大杯？

What size Coke would you like ?

我要大（中／小）的。

Large(medium small), please.

您要哪種麵包？

What kind of bread would you like？

您要放蕃茄醬嗎？

Would you like ketchup on it？

我不要洋蔥。

Without onions, please.

小小專欄

☆在美國的速食店裡，蕃茄醬“**ketchup**”及芥茉醬“**mustard**”都是放在一旁自行取用的。而飲料也是無限續杯的。

☆速食店裡的店員會問你**[For here or to go?]**意思是，內用或外帶。而“**Drive Thru**”就是車道點餐處。

13 付 款

我去拿帳單。

Let me get the bill.

我們各付各的吧。

Let's go dutch.

我來付帳。

It's on me.

我堅持這次由我來付帳。

It's my treat. I insist.

麻煩你，我要買單。

Can I have the bill, please？

在這裡付，還是在櫃台付？

Do I pay here or at the cashier？

一個馬芬和一杯拿鐵咖啡共是多少錢？

How much is a muffin and a latte？

這是什麼費用？

What is this charge for？

我們該付多少小費？

How much should we tip？

這有含稅嗎？

Is that including tax？

你們接受信用卡付費嗎？

Do you accept credit cards？

餐點真好吃。謝謝你！

I enjoyed the meal very much. Thank you.

小小專欄

☆在美國用餐，只要是有服務生（**waiter**）服務的餐廳或咖啡廳就都要付小費。如果是付款現金，直接將小費放在桌上；如果是刷卡，則把小費(**tips**)的金額，填在簽帳單的小費欄裡。

四、購物

1 購物去囉

Is there a department store in this area?
這個地區有百貨公司嗎？

購物商場 **shopping mall**	雜貨店 **grocery store**
超級市場 **supermarket**	便利商店 **convenience store**
運動用品店 **sporting goods store**	書局 **book store**
唱片行 **CD shop**	藥局 **pharmacy**
花店 **flower shop**	精品店 **boutique**

鞋店 shoe store	珠寶店 jewelry store
古董店 antique store	美容沙龍 salon
美妝用品店 cosmetics store	紀念品商店 souvenir shop
二手衣專賣店 secondhand clothing store	

2 女裝在哪裡

Where is women's wear?

女裝在哪裡？

男裝 men's wear	童裝 children's wear
化裝品部 the cosmetics department	家電 home appliances

藥品
the pharmacy

禮品包裝
gift-wrapping

服務台
the information desk

入口 / 出口
the entrance / exit

運動品部
the sporting goods department

小小專欄

☆**[gift-wrapping]**中的“**gift**”是指令人感到開心感動的禮物，偏重情感上的色彩，有包含送禮人的心意的意味。還有一個字“**present**”是指因為某些特定場合或是日子而贈送的禮品。

3 買小東西（1）

A **May I help you?**
有什麼我可以幫忙的嗎？

B **—I'm looking for a digital camera.**
—我在找數位相機。

鋼珠筆
a pen / ballpoint pen

筆記本
a notebook

書 a book	報紙 a newspaper
雜誌 a magazine	明信片 a postcard
CD唱片 a CD	背包 a bag
帽子 a hat	耳環 earrings
自來水筆 a fountain pen	隨身日記本 a pocket dairy
唱片 a record	領帶 a tie
世界知名品牌 world famous brands	配件 accessories
夾式耳環 clip-on earrings	戒指 a ring

手鐲 **a bracelet**	鍊墜 **a pendant**
領帶夾 **a tie pin**	胸針 **a brooch**
鴨舌帽 **a cap**	香水 **perfume**
指甲油 **nail polish**	洗髮精 **shampoo**
潤絲精 **conditioner**	太陽眼鏡 **sunglasses**
防曬油 **sunscreen**	

4 買小東西（2）

I'd like to buy a swimsuit.

我想要買泳衣。

比基尼 a bikini	燈具 a lighter
泳褲 swimming trunks	緊身衣褲 pantyhose
餐具 tableware	毛娃娃 a stuffed animal
煙斗 a pipe	皮夾 a wallet
精油蠟燭 an aromatic candle	白花香料 potpourri
內衣褲 underwear	襪子 socks
手帕 a handkerchief	圍巾 a scarf
香菸 cigarettes	衛生棉 sanitary items

5 我要看毛衣

I'm looking for a sweater.

我要看毛衣。

西裝 **a suit**	連身裙 **a dress**
T-恤 **a T-shirt**	裙子 **a skirt**
睡衣 **pajamas**	牛仔褲 **jeans**
褲子 **a pair of pants**	手套 **a pair of gloves**
外套 **a coat**	夾克 **a jacket**
背心 **a vest**	游泳衣 **a swimsuit**

短上衣 **a blouse**	胸罩 **a bra**
領帶 **a tie**	毛巾 **towels**

6 買衣服

I'm looking for a T-shirt.

我正在找T恤。

夾克 **jacket**	馬球衫 **polo shirt**
休閒衫 **casual shirt**	套衫 **pullover**
胸前開釦的羊毛衫 **cardigan**	牛仔夾克 **jean jacket**
外套 **coat**	大號尺碼 **size large**

洋裝	襯衫
dress	**dress shirt**
裙子	套裝
skirt	**suit**

衣服相關單字

長褲	牛仔褲
trousers	**jeans**
水手服	V領
crew neck	**V-neck**
圓領	短袖
turtle neck	**short sleeve(shirt)**
長袖	三分袖
long sleeve(shirt)	**three-quarter-sleeve(shirt)**
無袖	聚酯棉紗
sleeveless(shirt)	**poly-cotton**
棉	絲
cotton	**silk**

亞麻布	聚酯纖維
linen	**polyester**

7 店員常說的話

您要什麼？
May I help you？

這個如何？
What about this one？

這是知名品牌。
It's a well-known brand.

你穿起來很好看。
It looks nice on you.

它們真是完美的搭配。
They match perfectly.

它們是特價的商品嗎？
Are they on sale？

樣式很流行。
It's in style.

這正好很合身。
It's a perfect fit.

你穿起來真好看。
It looks fabulous on you.

你穿起來真好看。
you look great in it.

小小專欄

☆**[a pair of gloves pair]**中的“**pair**”指成雙成對的物品，只要少了其中一個，就無法產生作用或是變得不完整的。相對地，還有一個字“**couple**”是指同一類的事物有兩個。雖然兩者之間有關係，可以聯繫在一起，但是分開後依舊具有其獨立。

8 我可以試穿嗎

我可以試穿嗎？

Can I try it on?

我可以看看那個嗎？

Can I see that one, please?

你們有沒有別的顏色？

Do you have this in any other colors?

你穿起來很好看。

It looks nice on you.

很合身。

It fits well.

你可以照照鏡子。

You can take a look in the mirror.

試衣間在哪裡？

Where's the fitting room?

不合身。

It doesn't fit.

你們的商品有換貨的服務嗎？

Do you do alterations?

你有「S」號的嗎？

Do you have a size"S"?

9 我要紅色那件

I want the red ones.

我要紅色的那件。

黃色 **yellow**	灰色 **gray**
橘色 **orange**	紅色 **red**
粉紅色 **pink**	白色 **white**
黑色 **black**	咖啡色 **brown**
灰褐色 **beige**	藍色 **blue**
綠色 **green**	紫色 **purple**

金色	銀色
gold	**silver**

格子花紋	條紋
checkered	**striped**

花紋	點點紋
flowered	**polka-dotted**

淺	深
light	**dark**

素面	簡單
solid	**plain**

10 這是棉製品嗎

Is this cotton?

這是棉製品嗎？

亞麻布	尼龍
linen	**nylon**

聚酯 **polyester**	絲 **silk**
毛 **fur**	皮 **leather**
羊毛 **wool**	山羊絨 **cashmere**

11 我不喜歡那個顏色

I don't like the color.

我不喜歡那個顏色。

樣式 **pattern**	品質 **quality**
材質 **material**	款式 **style**

例 句

穿起來很舒服。

It feels good.

這只能乾洗嗎？

Is it dry-clean only？

我能把它放進烘衣機嗎？

Can I put it in the dryer？

會縮水嗎？

Will it shrink？

會退顏色嗎？

Will the color fade？

能防水嗎？

Is this waterproof？

我能用洗衣機洗嗎？

Can I put it in the washing machine？

這要用手洗嗎？

Do I have to hand-wash this？

我要怎麼保養它？

How should I care for this？

可以掛到外面曬乾嗎？

Can I hang it out to dry？

12 太小了

It's too small.

太小了。

大 **big**	長 **long**
短 **short**	簡單 **plain**
貴 **expensive**	鬆 **loose**
緊 **tight**	硬 **hard**

例句

這件對我而言太小了。
It's too small for me.

你有沒有大一點的？
Do you have a bigger one？

這是大尺寸的。
Here is a size large.

我相信這件適合你穿。
I believe it will fit you.

這件適合我。
It fits me well.

你有「大」號的嗎？
Do you have a size"L"?

小小專欄

店員拿給我們的貨品，如果覺得太大、太小或是太貴，就可以說**[It's too big (small, expensive)for me.]**；剛好合身說**[It fits me well.]**。

13 我要這件

我喜歡這件。

I like this one.

我要這件。

I'll take this one.

你還要什麼嗎？

Do you need anything else？

這個也不錯。

This one is nice, too.

這個如何？

How about this one？

你要一條裙子來搭配你的新襯衫嗎？

Do you want a skirt to go with your new shirt？

14 你能改長一點嗎？

Can you alter it? Make it a little longer, please.

你能修改一下嗎？麻煩你改長一點。

短一點

shorter

鬆一點

looser

緊一點

tighter

大一點

bigger

15 買鞋子

A **How much are these high heels?**

這雙高跟鞋多少錢？

B **—They're $10.**

—這個要十美元。

帆布運動鞋 **sneakers**	氣墊鞋 **loafevs**
女用搭配裙子的鞋子 **dress shoes**	拖鞋 **mules**
靴子 **boots**	西部靴 **cowboy-boots**
網球鞋 **tennis shoes**	慢跑鞋 **jogging shoes**
涼鞋 **sandals**	休閒鞋 **hiking shoes**

16 有大一點的嗎？

Do you have a larger size?

有大一點的嗎？

中碼	加大
a medium	**an extra-large**

小一點	更小一點
a smaller size	**an extra small**

小小專欄

☆**[extra small]**中的“**small**”是指客觀地以度量衡的標準，形容比較小的事物，含有經過比較而得的結果之意味。

17 有其他顏色嗎？

Do you have any in other colors?

有其他顏色嗎？

其他樣式	其他材質
with other designs	**made from other material**

其他花色	其他款式
with another pattern	**other styles**

18 我只是看看

我只是看看。

I'm just looking.

我打算繼續看看。

I'm going to keep looking.

也許就等下次吧。

Maybe next time.

我必須考慮一下。

I need to think about it.

也許不了。

Well, maybe not.

我待會再來。

I'll come back later.

謝謝，我只是看看而已。

Thanks. I'm only browsing.

謝謝！需要幫忙時我會叫你的。

Thank you. I'll let you know if I need any help.

19 購物付錢

A **How much is this?**

這多少錢？

B **—1,500 dollars.**

——千五百美元。

一分錢	五分錢
1 ¢	**5 ¢**

十分錢	二十五分錢
10 ¢	**25 ¢**

一元	五元
$ 1	**$ 5**

十元	二十元
$ 10	**$ 20**

五十元
$ 50

20 討價還價

對我而言太貴了。

It's too expensive for me.

算便宜一點嘛！

A little cheaper, please.

再打個折扣嘛！

A little discount, please.

二十美元的話就買。

If it costs less than $20, I could buy it.

他們這禮拜在特價中。

They're on special this week.

已經降到3美元了。

They've been reduced to 3 dollars.

這是半價了。

They're fifty percent off.

買兩個就送一個。

These are buy two, get the third one free.

小小專欄

☆**[on special=on sale]**（折價出售）。為了吸引顧客，店家總是挖空心思，做一些行銷策略，折價出售一些商品。在商品上用最醒目的字跟顏色大大寫上“**on sale**”或“**on special**”。逢年過節就更不用說了。

例句

收銀台在哪裡？

Where is the cashier？

這多少錢？

How much is this？

我還欠你多少錢？

How much do I owe you?

你少付我十元。

You are ten dollars short.

我要刷卡。

I'd like to pay by card.

您要分幾次付款？

How many installments?

一次。

One.

六次。

Six.

我可以付台幣嗎？

Can I pay in Taiwan dollar?

可以幫我寄到台灣嗎？

Could you ship this to Taiwan?

運費多少錢？

How much is the shipping cost?

什麼時候送到？

When will it arrive?

21 退貨換貨

我要退貨。

I'd like to return this.

我想換貨。

I'd like to exchange this.

我昨天買的。

I bought this yesterday.

我可以換別的東西嗎？

Can I exchange it for something else？

這裡有污漬。

There's a stain.

這裡有個洞。

There's a hole.

不合身。

It doesn't fit.

它讓我看起來很胖。

It makes me look fat.

我考慮很久了。

I'm having second thoughts.

我想退錢。

I'd like a refund.

這是收據。

Here's the receipt.

我們無法退錢。

It's nonrefundable.

五、各種交通

1 坐車去囉

A **Let's go by bus.**

去搭巴士吧。

B —**Ok.**

—好。

腳踏車	汽車
bike	**car**
捷運	電車
MRT	**train**
地鐵	公車
subway	**bus**
計程車	摩托車
taxi	**motorcycle**

輪船 Amotorscooter ship	飛機 airplane
船 boat	直升機 helicopter

2 我要租車

A **Do you have any <u>compact</u> cars?**

請問你們有<u>小型</u>車嗎？

B **—Of course.**

—當然有。

省油的 economy	中型的 mid-sized
全套的 full-sized	日本的 Japanese
四門的 4-door	美國的 American

例 句

總共多少錢？

What is the total?

有包括稅金跟保險費嗎？

Does it include tax and insurance?

我希望投保所有的險。

I'd like full coverage.

我的車子故障了。

My car broke down.

我的車子爆胎了。

I got a flat tire.

幫我叫拖車。

Please call a tow truck.

煞車不怎麼靈光。

The brakes don't work very well.

我不會開手排車。

I can't drive a stick.

你有自動排檔車嗎？

Do you have any automatics?

我不想租SUV。

I don't want to rent an SUV.

小小專欄

☆ **"stick"** 是裝有手動變速器的汽車；**"automatic"** 是裝有自動變速器的汽車。另外要提醒的是，在國外如果車子故障了，為了安全起見，請務必待在車內等待救援喔！

好 用 單 字

駕照	driver's license
國際駕照	international driving permit
車子的種類	type of car
租車契約	rental contract
（車子）登記書	registration

3 先買票

去市中心的車票是多少錢？	How much is a ticket to downtown?
來回票	round-trip ticket
單程票	one-way ticket
多少錢？	How much is it?
要花多少時間？	How long does it take?
坐公車比較便宜嗎？	Is it cheaper to go by bus?

你要幾張車票？

How many tickets do you want?

我要買一張。

I'd like to buy a ticket.

我需要坐在指定的座位嗎？

Do I need to sit in an assigned seat?

對不起，我想這是我的座位。

Excuse me, I think you're in my seat.

小小專欄

☆[downtown]在美國是指位於都市市中心，有高樓大廈、購物中心等人群聚集、熱鬧的地方。順便一提，“City”（城市）通常是指人口密集度較高的都會區或城市；“town”（小鎮）是比城市的規模要小的鄉鎮；“village”（村落）常用來指以農業為主的小型聚落。

4 坐公車

公車站在哪裡？

Where is the bus stop ?

可以給我巴士路線圖嗎？

Can I have a bus route map?

你們會停靠西八街嗎？

Do you stop at West 8th Street?

不，請你坐104。

No, take the 104.

車票多少錢？

How much is the fare?

哪一輛公車會到那裡？

Which bus goes there?

去西八街要多久？
How long does it take to West 8th Street?

104號公車來了。
Here comes the number 104 now!

看交通狀況而定。
It depends on the traffic.

我該下車時請你告訴我好嗎？
Will you tell me when to get off ?

我會說出你要下車的站名。
I'll call out your stop.

請給我車票。
May I have a transfer ticket?

我要在這裡下車。
I'd like to get off here.

請開後車門。
Open the rear door, please.

請坐下。
Please sit down.

請坐我的位子。
Please take my seat.

小小專欄

☆不知道應該搭幾號公車到想去的地方，就說 **[Which bus goes there?]**。**[Here comes...]**是「你看！…來了」。想下車的時候，就拉"**Bell Code**"（下車鈴），其實看其他乘客怎麼做就會啦！

好 用 單 字

回數票 **ticket book**	一日遊票 **one-day pass**
目的地 **destination**	轉車 **transfer**
下一站 **next stop**	上車 **get on**
下車 **get off**	標記 **token**
閘門 **gate**	

5 坐地鐵

Where is the subway station ?

地鐵站在哪裡？

入口	出口
entrance	exit

售票機	售票處
ticket machine	fare adjustment office

例　句

這火車有到中央公園嗎？
Does this train go to Central Park ?

有，有到。
Yes, it does.

沒到，你必須轉搭紅線。
No. You have to change to the Red line.

它有停中央公園嗎？
Will it stop at Central Park ?

到中央公園有幾站？
How many stops until Central Park?

我該到哪裡轉車？
Where do I transfer ?

下一班火車是何時到達？
When is the next train ?

我該在哪個站下車？
At which stop should I get off ?

我的車票不見了。
I lost my ticket.

不好意思，借過一下。
Would you let me pass, please ?

（讓位）請坐這裡。
You can have this seat.

謝謝你。
Thank you.

風景真好！

It's a wonderful view.

你要去哪裡？

Where are you going?

坐地鐵可以到很多地方。

You can get pretty much anywhere on the subway.

地鐵真方便。

The subway is really convenient.

好用單字

車票

ticket

回數券

coupon ticket

地鐵車票

a Metro Card

悠遊卡

a transit card

小小專欄

☆最近使用巴士跟公車通用的“**transit card**”（悠遊卡）的都市有增加的趨勢。

6 坐火車

去長島的車票。

A ticket to Long Island, please.

哪一天？

For what day?

今天，現在。	五元。下一班火車在十點四十分開出。
Today. Now.	That's five dollars. The next train leaves at 10:40.

小小專欄

☆[That's five dollars. The next train leaves at 10:40.]中的“leave”是離開某地要出發前往另一個地方。另一個字，“Start”（開始）表示事情或是動作的開始或開端。

好 用 單 字

（每站都停）普通車	快車
local	**express**
特快車	長途公車
limited express	**coach**
臥車	普通臥鋪（2人臥鋪個人房）
sleeping car	**standard bedroom**
車廂（有舒適座位及小吃的）	車室
club car	**compartment**
單程車票	來回車票
one-way ticket	**round trip ticket**

票價 **train fare**	時間表 **timetable**
候車室 **waiting room**	小吃車廂 **dining car**
讀書燈 **reading light**	車上行李架 **luggage rack**
來回旅程 **round-trip**	單程 **one-way**
驗票口 **ticket barrier**	車站 **station**
售票機 **ticket machine**	月台 **platform**
車軌 **track**	終點站 **terminal**

7 坐計程車

去那裡？
Where to ?

173東85街。
173 East 85th Street.

我要到這個地址。
Please take me to this address.

到大中央車站要多久？
How long is the ride to Grand central Station?

到市中心計程車費要多少？
How much is the cab fare to downtown?

你可以讓我在這裡下車。
You can let me out here.

不必找錢了。
Keep the change.

就停在這裡吧。
Just pull over here.

你可以先停在梅西百貨嗎？
Can you stop by Macy's first?

這就是了。
This is it.

到了。
Here it is.

你可以搖下車窗嗎？
Can you roll down the window ?

可以開慢點嗎？
Could you please slow down a little ?

有沒有其它的路線？
Are there any alternate routes ?

可以給我收據嗎？

Can I have a receipt ?

你找的零錢不對。

You gave me the wrong change.

可以麻煩開後車廂嗎？

Could you open the trunk, please?

不用找錢了。

Keep the change.

小小專欄

☆[173 East 85th Street.]中的“Street”（街道）指連接各鄉鎮、城市之間的道路。一般道路兩側建築物林立，包括車道跟步道；而“road”（路），泛指連接各城市、鄉鎮之間車子跑的道路；另外“path”（小徑），指鄉村或是山中讓人們方便通行的非正式道路。

好用單字

紅綠燈

traffic light

人行道

sidewalk

道路標誌

road sign

標誌

sign

封鎖

block

地下道

underpass

8 糟糕！我迷路了

我迷路了。

I think I'm lost.

對不起，你可以告訴我車站在哪裡嗎？

Excuse me. Can you show me where the bus station is ?

你可以告訴我正確的方向嗎？

Can you point me in the right direction?

我該怎麼去SOHO區呢？

How can I get to SOHO ?

我想到王子大廈。

I want to go to the Prince's Building.

很遠嗎？

Is it far?

有多遠呢？

How far is it?

從這裡到那裡只隔兩個街區。

It's only a couple of blocks from here.

這條路直走。

Go straight down this street.

這條路走約50公尺。

Go down this street about fifty meters.

在第二個紅綠燈右轉。

Turn right at the second traffic light.

在第二個轉角左轉。

Turn left at the second corner.

過橋後左轉。

Go across the bridge and take a left.

就在右邊。

It's on the right side.

一直往前走，你一定找得到的。
Go along and you're sure to get there.

從這到那裡很遠。
It's far from here.

你得坐公車。
You should go by bus.

請告訴我怎麼去。
Tell me how to get there, please.

你有地圖嗎？
Do you have a map ?

請幫我畫個地圖。
Draw a map for me, please.

謝謝你！
Thanks a lot.

我帶你去。
Come along with me.

小小專欄

☆**[Can you show me where the bus station is?]**中的“**show**”是用肢體表演或是親身示範，而使對方更清楚的理解。另外，美國街道的劃分是以“**blocks**”跟“**streets**”來表示。“**block**”對我們來講比較陌生，它是指四面被街道包圍的一個街區單位。

9 其它道路指引說法

就在火車站旁邊 **next to the train station**	就在路口 **at the corner**
就在下一個十字路口 **at the next intersection**	在你左手邊 **on your left-hand side**
在梅西百貨和維珍唱片之間 **between Macy's and Virgin Records**	過那個紅綠燈 **past that traffic light**
在第三個路口右轉 **turn right at the third corner**	直走兩個街區 **go straight 2 blocks**

六、觀光（詢問中心）

1 在旅遊諮詢中心

Could I have a sightseeing map, please?
請給我觀光地圖。

公車路線圖	地鐵路線圖
a bus route map	**a subway route map**
餐廳資訊	購物資訊
a restaurant guide	**a shopping guide**

2 有一日遊嗎

Do you have a full-day tour?
你有一日遊嗎？

半天	晚上
a half day	**a night**

例 句

旅遊諮詢中心在哪裡？
Where is the tourist information center?

你有滑雪之旅嗎？
Do you have a tour for skiing?

什麼時候開門？
When is it open?

博物館今天有開嗎？
Is the museum open today?

你能推薦好餐廳嗎？
Can you recommend a good restaurant?

你知道去哪裡參加旅遊團嗎？
Do you know where to join a tour?

他們有沒有講中文的導遊？
Do they have a Chinese-speaking guide?

博物館的入場費要多少錢？
How much does admission to the museum cost?

博物館內有咖啡廳嗎？
Is there a cafe in the museum?

你有語音導覽嗎？
Do you have an audio guide?

遊覽車集合場所在哪裡？
Where is the pick-up point?

我們要預約明天的一日遊。
We'd like to reserve a day tour for tomorrow.

小小專欄

☆我們來比較 **[tour, trip, travel]**這三個字的不同：

tour:指一次去拜訪多個地方，做視察或短時間觀光的旅行。

trip:通常是指短期的旅行，到特定地點遊覽之後，便回程的小型旅行。

travel:指去比較遠的地方，並且花費較長時間的到遠方去旅行遊歷。

3 我要去迪士尼樂園

I want to go to Disney Land.

我要去 迪士尼樂園。

看／煙火表演 see／a fireworks display	登山／某處 go hiking／somewhere
去／跳蚤市場 go to／a flea market	看／百老匯表演 see／a Broadway show
看／展覽 see／an exhibition	看／電影 see／a movie
看／籃球比賽 see／a basketball game	去／圖書館 go to／a library
去／溜冰 go／roller	參觀／博物館 visit／the museum

小小專欄

☆[a basketball game]中的"game"在美國指各種關於智力，或是"baseball,football"等後面有"ball"的體能比賽。至於"tennis,golf,boxing"等用"math"。也指非正式娛樂性質的競賽。

4 我要怎麼去艾菲爾鐵塔

I would like to go to the Eiffel Tower.

我要怎麼到（法國）艾菲爾鐵塔。

羅浮宮（法國） **The Louvre** (France)	萬里長城（中國） **the Great Wall of China** (China)
紫禁城（中國） **the Forbidden City** (China)	金字塔（埃及） **the Great Pyramids of Giza** (Egypt)
人面獅身像（埃及） **the Sphynx** (Egypt)	泰姬瑪哈陵（印度） **the Taj Mahal** (India)
澳洲大堡礁（澳洲） **the Great Barrier Reef** (Australia)	雪梨歌劇院（澳洲） **the Sydney Opera House** (Australia)
尼加拉瓜大瀑布（美國） **Niagra Falls** (USA)	大峽谷（美國） **the Grand Canyon** (USA)
自由女神（美國） **the Statue of Liberty**(USA)	比薩斜塔（義大利） **the Leaning Tower of Pisa** (Italy)

羅馬競技場（義大利）	吳哥窟（柬埔寨）
the Rome Colosseum (Italy)	**Angkor Wat** (Cambodia)

萬神廟（希臘）
the Pantheon (Greece)

好 用 單 字

美術館	博物館
art museum	**museum**
動物園	水族館
zoo	**aquarium**
公園	大廈
park	**building**
音樂廳	圖書館
hall	**library**
教堂	戲院、劇院
church	**theatre**

5 我想騎馬

I'd like to try horseback riding.

我想要去試試騎馬。

泛舟 **rafting**	滑翔翼 **paragliding**
熱氣球之旅 **hot air balloon riding**	跳傘 **parachuting**
深海潛水 **scuba diving**	高空彈跳 **bungy jumping**
滑雪 **skiing**	射擊 **shooting**

例 句

我可以租釣魚用具嗎？

Can I rent fishing tackle?

腳踏車出租店在哪裡？

Where is the bicycle rental shop?

我可以租些裝備嗎？

Can I rent some equipment?

這是什麼樣的活動？

What kind of event is it?

在哪裡舉辦？

Where is it held?

幾點開始？

What time does it start?

小孩可以參加嗎？

Can children join ?

專車會送你回飯店。

The limousine will take you back to the hotel.

好 用 單 字

海水浴場	beach
釣魚場	fishing spot
滑雪場	skiing resort
潛水場	diving spot
夜市	night market
跳蚤市場	flea market
高爾夫球具	golf clubs
滑雪用具	skiing outfit
潛水用具	diving gear

小小專欄

美國國定假日

New Year's Day

新年（一月一日）

Martin Luther King Day

馬丁．路德．金恩日（一月第三個星期一）

Presidents' Day

總統日（二月第三個星期一）

Memorial Day

陣亡將士紀念日（五月最後一個星期一）

Independence Day

獨立紀念日（七月四日）

Labor Day

勞工節（九月第一個星期一）

Columbus Day

哥倫布日（十月第二個星期一）

Veterans' Day

退伍軍人節（十一月十一日）

Thanksgiving Day

感恩節（十一月第四個星期四）

Christmas Day

聖誕節（十二月二十五日）

6 漫遊美國各州

A **Is this your first time to visit Ohio ?**

這是你第一次去俄亥俄州嗎？

B **—Yes.**

—對。

阿拉巴馬州	阿拉斯加州
Alabama (AL)	**Alaska (AK)**
亞利桑那州	阿肯色州
Arizona (AZ)	**Arkansas (AR)**
加利佛尼亞州	科羅拉多州
California (CA)	**Colorado (CO)**
康乃狄克州	德拉瓦州
Connecticut (CT)	**Delaware (DE)**
首都華盛頓	佛羅里達州
the District of Columbia (Washington, DC)	**Florida (FL)**

喬治亞州 **Georgia (GA)**	關島 **Guam**
夏威夷州 **Hawaii (HI)**	愛達荷州 **Idaho (ID)**
伊利諾州 **Illinois (IL)**	印地安那州 **Indiana (IN)**
愛荷華州 **Iowa (IA)**	堪薩斯州 **Kansas (KS)**
肯塔基州 **Kentucky (KY)**	路易斯安那州 **Louisiana (LA)**
緬因州 **Maine (ME)**	馬里蘭州 **Maryland (MD)**
麻薩諸塞州 **Massachusetts (MA)**	密西根州 **Michigan (MI)**
明尼蘇達州 **Minnesota (MN)**	密西西比州 **Mississippi (MS)**

密蘇里州 **Missouri (MO)**	蒙大拿州 **Montana (MT)**
內布拉斯加州 **Nebraska (NE)**	內華達州 **Nevada (NV)**
新罕布什爾州 **New Hampshire (NH)**	新澤西州 **New Jersey (NJ)**
新墨西哥州 **New Mexico (NM)**	紐約州 **New York (NY)**
北卡羅萊納州 **North Carolina (NC)**	北達科達州 **North Dakota (ND)**
俄亥俄州 **Ohio (OH)**	奧克拉荷馬州 **Oklahoma (OK)**
俄勒岡州 **Oregon (OR)**	賓夕凡尼亞州 **Pennsylvania (PA)**
羅得島州 **Rhode Island (RI)**	南卡羅萊納州 **South Carolina (SC)**

南達科達州 **South Dakota (SD)**	田納西州 **Tennessee (TN)**
德克薩斯州 **Texas (TX)**	猶他州 **Utah (UT)**
佛蒙特州 **Vermont (VT)**	維吉尼亞州 **Virginia (VA)**
華盛頓州 **Washington (WA)**	西維吉尼亞州 **West Virginia (WV)**
威斯康辛州 **Wisconsin (WI)**	懷俄明州 **Wyoming (WY)**

7 看看各種的動物

A **What's your favorite animal?**

你最喜歡什麼動物？

B **—I like the dog.**

—我喜歡狗。

貓 **cat**	兔子 **rabbit**
松鼠 **squirrel**	老鼠 **mouse mice**
倉鼠 **hamster**	馬 **horse**
牛 **cow**	羊 **sheep**
山羊 **goat**	鹿 **deer**
馴鹿 **reindeer**	豬 **pig**
熊 **bear**	狼 **wolf**
大象 **elephant**	獅子 **lion**

犀牛 **rhino**	豹 **leopard**
熊貓 **panda**	長頸鹿 **giraffe**
河馬 **hippo**	麻雀 **sparrow**
貓頭鷹 **owl**	鷹 **hawk**
鴿子 **dove**	火雞 **turkey**

8 景色真美耶

景色真美耶！ **What a great view!**	真美啊！ **How beautiful!**
這真不錯。 **That's neat.**	真的好極了。 **It's fantastic.**

食物很好吃。

The food is really yummy.

我喜歡這裡的氣氛。

I like the atmosphere here.

那真大呀！

That's so huge!

這是法國最古老的美術館。

This is the oldest museum in France.

有多古老？

How old is it ?

有一千多年了。

It's over one thousand years old.

我可以拍你幾張照嗎？

Shall I take some pictures of you ?

打擾您一下，可以請您幫我們拍照嗎？

Excuse me, sir. Could you take a picture of us ?

大家，笑一個。

Smile, everyone!

開放的時間是幾點呢？

When does it open ?

禮品店在哪裡？

Where is the gift shop ?

我想上洗手間。

I need to go to the bathroom.

我可以寄放外套嗎？

Can I check my coat?

我們在這裡休息一下吧！

Let's take a rest here.

小小專欄

☆**[How old is it?]** 中的“**old**”可以用在人或物上面。用在人身上表示「年老的」；用在物上面表示「古老的，舊的」。
☆**[Can I check my coat?]**中的“**check**”是暫存（帽子、大衣等）之意。一般在博物館等地方有“**coat check**”（衣物寄放處）可以用來暫存外套或帽子等等。

9 帶老外玩台灣

A **Where are you going tomorrow?**
你明天要去哪裡？

B **—We're going to Yilan.**
—我們要去宜蘭。

彰化	嘉義
Changhua	**Chiayi**
新竹	花蓮
Hsinchu	**Hualien**
高雄	基隆
Kaohsiung	**Keelung**

金門	**Kinmen**
連江縣	**Lienchiang**
苗栗	**Miaoli**
南投	**Nantou**
澎湖	**Penghu**
屏東	**Pingtung**
臺中	**Taichung**
臺南	**Tainan**
臺北	**Taipei**
臺北縣	**Taipei County**
臺東	**Taitung**
桃園	**Taoyuan**
雲林	**Yunlin**

A **How was your trip to <u>Lin Family Garden</u>?**

你的板橋林家花園之旅如何？

B **—It was fun!**

—非常的有趣！

台北木柵動物園 **Taipei Mu Cha Zoo**	台北101大樓 **Taipei 101**
總統府 **The Presidential Office Building**	中正紀念堂 **Chiang Kai-shek Memorial Hall**
台北忠烈祠 **Martyrs Shrine**	國立故宮博物院 **the National Palace Museum**
國父紀念館 **Sun Yat-sen Memorial Hall**	三峽清水祖師廟 **Sansia Ching Shui Tsu Shih Temple**
基隆市廟口小吃 **Keelung Miaokou Snacks**	大坑森林遊樂區 **Dakeng Scenic Area**
台中民俗公園 **Taichung Folk Park**	六合夜市 **Liu-ho Night Market**

愛河公園
Love River Park

墾丁國家公園
Kenting National Park

八大森林博覽樂園
Bada Forest Theme Park

太魯閣國家公園
Taroko National Park

花蓮海洋公園
Hualien Ocean Park

棲蘭森林遊樂區
Cilan Forest Recreation Area

五峰旗瀑布
Wufongci Waterfalls (Wufongci Scenic Area)

10 我要看獅子王

I'd like to see The Lion King.
我想看獅子王。

美女與野獸
Beauty & the Beast

貓
Cats

芝加哥
Chicago

42號街
42nd Street

11 買票看戲

我們購票必須排隊。

We have to wait in line to buy our tickets.

有座位嗎？

Are there any seats?

一張票多少錢？

How much is a ticket ?

有沒有優惠價？

Any concessions ?

全部售出。

Sold out.

下一個表演是在什麼時候？

What time is the next show ?

有沒有中場休息時間？

Is there an intermission ?

我們可以在裡面吃東西嗎？

Can we drink eat inside ?

你們會給學生打折嗎？

Is there a student discount ?

你們有沒有較便宜的座位？

Do you have any cheaper seats ?

可以給我節目表嗎？

Could I have a program please?

我要好位子的。

I want a good seat.

請給我三張票。

Three tickets, please.

兩張對號票。

Two VIP seats, please.

兩張下星期五的票。

Two tickets for next Friday.

表演完後，我要請她簽名。

I want to get her autograph after the show.

能否請你脫掉帽子，我看不到。

Could you please remove your hat. I cannot see.

小小專欄

☆**have to**跟**must**都表示"必須"。“**must**”語氣比較強硬，含有“義務的”、“命令的”意味，通常指官方的命令，或說話人自己堅持要做某事的強烈要求；“**have to**”語氣比較婉轉，表示別人或周圍的環境、習慣、協約等要求某人必須做某件事情。例如：

You must not talk in class.
（上課時不應隨便說話。）

Does she have to stay at home every night？
（她每天晚上都必須待在家嗎？）

好 用 單 字

中間的座位	center seats
交響樂團	orchestra
夾層前排	front mezzanine
夾層	mezzanine
夾層後排	rear mezzanine
包廂	balcony

非對號座位 **unreserved seat**	站位 **standing room**
白天場 **matinee**	晚上場 **evening performance**

12 哇！他的歌聲真棒

Wow ! The singer is wonderful!

哇！這歌手真棒！

電影 **movie**	表演 **show**
老匯表演 **Broadway show**	電影 **film**
音樂會 **concert**	歌劇 **opera**

諷刺短劇	戲劇
skit	**play**
芭蕾舞	戲劇
ballet	**drama**
遊行	露天劇場
parade	**open-air theater**

例 句

太棒了！
Bravo!

太美了！
Fantastic!

再來一次！ 安可！
Encore!

真是糟糕！
Awesome !

13 附近有爵士酒吧嗎

Is there a <u>jazz pub</u> around here ?

附近有<u>爵士酒吧</u>嗎？

鋼琴酒吧 **piano bar**	夜總會 **night club**
舞廳 **disco**	主題餐廳 **theater restaurants**
酒吧 **bar**	酒店 **cabaret**
小餐廳 **cafe**	咖啡廳 **coffee shop**
賭場 **casino**	

I'll have champagne.

我要香檳。

威士忌 **whisky**	白蘭地 **brandy**
蘇格蘭威士忌 **Scotch**	琴酒 **gin**

馬丁尼	龍舌蘭酒
a Martini	**tequila**
不加水	加水
it straight	**it with water**
（啤酒）小杯	（啤酒）大杯
a half pint	**one pint**

例 句

今晚有現場演奏嗎？
Do you have a live performance tonight?

有服裝限制嗎？
Do you have a dress code?

我要穿什麼衣服？
How should I be dressed?

您要喝些什麼飲料嗎？
Would you like something to drink?

給我生啤酒。
Some draft beer, please.

給我波旁威士忌。
Bourbon, please.

乾杯！
Cheers!

再來一杯！
One more, please.

14 看棒球比賽

A seat on the first base line, please.

我要靠一壘的位子。

靠三壘的	靠內野的
on the third base line	in the infield section
靠外野的	靠本壘的
in the outfield section	behind home plate section

例 句

哪一隊在比賽？

Which teams are playing?

現在打到哪一局了？

What inning is it ?

打到7局後半了。

It's the bottom of the seventh.

你最喜歡哪一隊？

What is your favorite team ?

棒球在美國是最受歡迎的運動之一。

Baseball is one of the most popular sports in America.

開始！

Play ball!

帶我去看球賽吧！

Take me out to the ball game!

你認為哪一隊會贏？

Who do you think is going to win ?

I'm a Seattle Mariners fan.

我是西雅圖水手隊的球迷。

巴爾的摩金鶯隊
Baltimore Orioles

波士頓紅襪隊
Boston Red Sox

紐約洋基隊
New York Yankees

坦帕灣魔鬼魚隊
Tampa Bay Devil Rays

多倫多藍鳥隊
Toronto Blue Jays

芝加哥白襪隊
Chicago White Sox

克里夫蘭印第安人隊
Cleveland Indians

底特律老虎隊
Detroit Tigers

堪薩斯皇家隊
Kansas City Royals

明尼蘇達雙城隊
Minnesota Twins

洛杉磯天使隊
Los Angeles Angles of Anaheim

奧克蘭運動家隊
Oakland Athletics

西雅圖水手隊
Seattle Mariners

德州游騎兵隊
Texas Rangers

好 用 單 字

棒球賽 **baseball game**	投手 **pitcher**
捕手 **catcher**	打擊者 **batter**
教練 **manager**	三振 **strikeout**
四壞球 **walk**	盜壘 **steal**
全壘打 **homerun**	再見全壘打 **walk off home run**

15 看籃球比賽

I'd like to go to a basketball game.

我要去看籃球賽。

美式足球賽 **football game**	足球賽 **soccer game**

棒球賽
baseball game

網球賽
tennis match

高爾夫球賽
golf match

曲棍球賽
hockey game

拳擊賽
boxing match

賽車
car race

例 句

你最喜歡哪個選手？
Who is your favorite player?

我是紐約洋基隊的超級球迷。
I'm a big fan of the New York Knicks.

能請你簽名嗎？
May I have your autograph?

入口在哪裡？
Where is the entrance?

販賣場在哪裡？
Where is the concession stand?

投籃！
Shoot it!

防守！
Defense!

傳（球）得好！
Nice pass!

投（球）得好！
Nice shot!

太棒了！
All right!

好 用 單 字

傳球 **pass**	裁判 **official**
出局 **foul**	灌籃 **slam dunk**
大滿貫 **grand slam**	得分 **score**
觸地得分 **touchdown**	18比20 **18 to 20**

七、生病了（看病）

1 你臉色來不太好呢

你臉色看起來不太好。

You don't look well.

你怎麼了？

What's wrong?

我想我生病了。

I think I'm sick.

我想你還是去看醫生。

I think you had better to go to see a doctor.

麻煩你打911。

Call 911, please.

醫院在哪裡？

Where's the hospital?

醫生在哪裡？

Where's the doctor?

我沒關係，我只是需要休息一下。

I'll be OK. I just need to rest.

你有維他命C嗎？

Do you have any vitamin C?

你可以做雞湯給我吃嗎？

Can you make me some chicken soup?

我需要躺下來。

I need to lie down.

你還好嗎？

Are you OK?

小小專欄

☆**[I think I'm sick]**中的“**sick**”（生病）指身體不舒服的或是生病的，通常指的是比較輕微的病；而“**ill**”（病）可能危及生命的重病，有時也指令人感到不舒服或病態。在美國除非病得很嚴重，才會到醫院去看醫生，否則如果只是個小感冒，美國人通常只是到藥房買藥。這跟我們一有小感冒，就到醫院看醫生是不一樣的喔！

2 我要看醫生

I'd like to see a medical doctor.

我要看內科醫生。

外科醫生	小兒科醫生
a surgeon	**an ophthalmologist**

婦科醫生	眼科醫生
a gynecologist	**a pediatrician**

3 我肚子痛

I have a stomachache.

我肚子痛。

頭痛	流鼻涕
a headache	a runny nose
背痛	牙痛
a backache	a toothache
耳朵痛	感冒
an earache	the flu
發燒	咳嗽
a fever	a cough
喉嚨痛	食物中毒
a sore throat	food poisoning
腹瀉	胃灼熱
diarrhea	heartburn

小小專欄

☆**[I have a stomachache]**是「我胃痛」的意思。一定要注意喔！這裡要用動詞“**have**”，不可以用“**do**”喔！

I feel weak.

我覺得渾身無力。

渾身發冷	非常疲倦
chilly	**very tired**
身體發熱	想吐
feverish	**sick**
很可怕	
terrible	

小小專欄

☆**[I feel weak.]**意思是「我覺得渾身無力，虛弱的」。類似的說法還有：**[I don't feel well.]**、**[I am not feeling well.]**等。

I am cold.

我在發冷。

頭暈	昏沉沉
dizzy	**drowsy**
對…過敏	便秘
allergic to...	**constipated**

例句

我感到渾身無力而且頭痛。

I feel weak and have a headache.

現在感覺好一點了。

It's a little better now.

可能這幾天我太累了。

Maybe I'm too tired these days.

希望你快點好起來。

I hope you'll get well soon.

謝謝你的關心。

Thanks for your concern.

謝謝你照顧得這麼好。

Thanks for taking such good care of me.

你有阿司匹靈嗎？

Do you have any asprin?

謝謝你的幫忙。

Thank you for helping me.

好用單字

腸胃炎

GI (gastrointestinal) **infection**

心臟病發

heart attack

高血壓

high blood pressure

哮喘

asthma

糖尿病 **diabetes**	骨折 **a broken bone**
抽筋 **a sprain**	

My <u>head</u> hurts.

我<u>頭</u>痛。

肚子 **tummy**	腳 **foot／feet**
背 **back**	手腕 **wrist**
耳朵 **ear**	下背部 **lower back**
手臂 **arm**	喉嚨 **throat**

牙	脖子
tooth	**neck**

膝蓋
knee(s)

4 把嘴巴張開

你有覺得什麼地方不舒服嗎？

Do you feel any discomfort?

你會不會冷？

Aren't you cold?

我沒有胃口。

I don't feel like eating.

請躺下。

Please lie down.

這裡痛嗎？

Does it hurt ?

把嘴巴張開。

Open your mouth.

請張口說：「啊」！

Please say "Ahh".

讓我看看你的眼睛。

Let me look at your eye.

塗藥膏。

Apply the ointment.

我幫你開藥方。

I'll write you a prescription.

深呼吸。

Take a deep breath.

我們需要幫你照X光。

We need to take an X-ray.

我可以繼續旅行嗎？

Can I continue my trip?

大約一星期就好了吧！

You will get well in one week.

我需要住院嗎？

Do I need to be hospitalized?

需要。／不需要。

Yes.／ No.

5 一天吃三次藥

一天服用三次。

Three times daily.

說明寫在瓶上。

It's on the bottle here.

要每天服用這個三次。

Take this three times daily.

飯後服用。

Take this after meals.

不要和果汁一起服用。

Do not take it with juice.

七日用藥。

7 days of medication.

你有沒有對什麼藥物過敏？
Are you allergic to any medication?

把這藥膏塗在傷口上。
Apply this ointment to the wound.

口服藥。
Oral medication.

三歲以下的兒童用藥。
For children under 3 years of age.

服用前請諮詢醫生。
Consult a doctor before using.

要喝大量的流質。
Drink plenty of fluids.

請多多休息。
Get plenty of rest.

請不要空腹吃。
Do not take this on an empty stomach.

幾天後還不見好，請打電話給我。
If you don't feel better in a few days, please give me a call.

我有旅行保險。
I am covered by travelers' insurance.

好 用 單 字

藥局
pharmacy

感冒藥
cold medicine

退燒藥劑
an antipyretic

胃藥
medicine for the stomach

消化藥	抗生素
a digestive	**antibiotics**
阿司匹靈	止痛藥
aspirin	**pain killer**

保險套	痰	汗	腫脹
a condom	**phlegm**	**sweat**	**swelling**

小小專欄

☆在美國，醫師開了處方箋之後，才能到藥局付錢領藥。

6 我覺得好多了

我覺得好多了。	我現在沒事了。
I feel much better.	**I'm OK now.**
我復原得不錯。	我好多了。
I'm doing fine.	**I'm better now.**
我現在又是一條活龍。	我壯得像頭牛。
I'm as good as new!	**I'm as healthy as a horse.**

八、遇到麻煩

1 我遺失了護照

I lost my passport.

我遺失了護照。

信用卡	鑰匙
credit card	**keys**
照相機	行李
camera	**luggage**
飛機票	項鏈
flight ticket	**necklace**
手錶	眼鏡
watch	**glasses**

小小專欄

☆我們來比較**[thief, robber, burglar]**的不同：

thief:小偷。趁人不注意時，偷偷的竊取他人的財物者。

robber:強盜。以武力強行脅迫被害人交出財物者。

burglar:闖空門的小偷。趁著夜晚或屋主不在時，闖入住宅行竊的小偷。

My wallet was stolen.

我的皮夾被偷了。

飛機票	筆記型電腦
airline ticket	**laptop**
提款卡	戒指
ATM card	**ring**
手提箱	皮包
suitcase	**bag**
手機	錢
Cell phone	**money**

2 我把它忘在公車上了

I left it on the bus.

我把它忘在公車上了。

在火車上	在桌上
on the train	**on the table**

在計程車裡	在飯店裡
in the taxi	**in the hotel**
在101房裡	在收銀台上
in room 101	**at the cashier**

例 句

不要跑！小偷！

Stop! Thief!

救命啊！我被搶了！

Help! I've just been mugged!

天啊！我該怎麼辦？

Oh, no! What shall I do?

我遇到了麻煩。

I am having some trouble.

我想有人拿去了。

I think someone took it.

你可以幫忙找嗎？

Can you help me find it?

請幫助我。

Would you help me, please?

天啊！這真是棒呆了！（說反話）

Oh, man! This is just great!

我該報警嗎？

Should I call the police?

裡面有大概三百美元。

There was about 300 US dollars inside it.

別擔心，一定就在附近。

Don't worry, it must be somewhere around here.

小心自己的錢財。

Keep an eye on your wallet and other belongings.

小小專欄

☆我們來比較**[save, help, rescue]**這三個字：

help:泛指一般情況中，因為別人遇到困難請求幫助，而伸出援手的動作。

save:強調將被幫助者從危險的狀態中解救出來。

rescue:指在面臨重大危難時的有計畫、有組織的拯救行動。

附錄

常用疑問詞

一、疑問句

1 What 什麼

這是什麼？

What's this?

那是什麼？

What's that?

現在幾點？

What time is it?

你喜歡什麼？

What do you like?

你喜歡做什麼運動？

What sports do you like?

你叫什麼名字？

What is your name?

你從事什麼行業？

What do you do (for a living)?

今天是星期幾？

What day is today?

你的電話號碼是幾號？

What's your phone number?

你最喜歡什麼顏色？

What is your favorite color?

你就讀哪一間學校？

What school do you go to?

你口袋裡有什麼東西？

What is in your pocket?

你買什麼？

What did you buy?

2 Where 在哪裡

它在哪裡？

Where is it?

你住哪裡？

Where do you live?

你要去哪裡？

Where are you going?

廁所在哪裡？

Where is the bathroom?

你是從哪個國家來的？

Where are you from?

你在哪裡工作／唸書？

Where do you work / go to school?

我的夾克在哪裡？

Where is my jacket?

3 Who 誰

那個人是誰？

Who is that?

你是誰？

Who are you?

是誰？

Who is it?

這裡的主管是誰？

Who is in charge here?

誰說的？

Who says?

誰知道？

Who knows?

誰可以幫我們？

Who can help us?

4 Which 哪個／哪些

是哪個？

Which one?

你要的是哪個？

Which one do you want?

你喜歡哪一個？

Which one do you like?

哪一個是你的？

Which one is yours?

5 Why 為什麼

你為什麼會在這裡？

Why are you here?

你為什麼會做那件事？

Why did you do that?

為什麼不？

Why not?

你為什麼這麼問？

Why do you ask?

為什麼我應該這麼做？

Why should I?

6 How 如何

你好嗎？

How are you?

您好嗎？

How do you do?

我怎樣才能到那裡？

How can I get there?

天氣如何？

How is the weather?

這牛排好吃嗎？

How is the steak?

要多久才能到那裡？

How long does it take to get there?

有多少人？

How many people?

多少錢？

How much?

你為什麼會知道？

How did you know?

怎麼會(變成這樣)？

How come? (= Why?)

我該怎麼聯絡你？

How can I contact you?

2013年12月 初版

【每天學點 03】

每天10分鐘

旅遊英會話

MP3

●發行人 林德勝

●著者 里昂◎著

●出版發行 山田社文化事業有限公司
106 臺北市大安區安和路一段112巷17號7樓
電話 02-2755-7622
傳真 02-2700-1887

◆郵政劃撥 19867160號 大原文化事業有限公司
◆網路購書 日語英語學習網 http://www. daybooks. com. tw

◆總經銷 聯合發行股份有限公司
新北市新店區寶橋路235巷6弄6號2樓
電話 02-2917-8022
傳真 02-2915-6275

●印刷 上鎰數位科技印刷有限公司
●法律顧問 林長振法律事務所 林長振律師

●定價 新台幣299元

STS

山田社

STS

山田社

STS

山田社

STS

山田社